Komm mit mir ins
Abenteuerland.
Der Eintritt kostet
den Verstand.

Donald Trump

Montag
1. Jan.

No say the cat is in the sack,
when you have
not the cat in the sack.

Donald Trump

Montag
2. Jan.

Wenn einer allein träumt,
bleibt es ein Traum.
Wenn Menschen gemeinsam
träumen, wird es furchtbare
Wirklichkeit.

Donald Trump

Montag
3. Jan.

Für jedes komplexe Problem gibt es eine Antwort, die klar, einfach und falsch ist.

Donald Trump

Montag
4. Jan.

Ich hab nichts vorbereitet, damit auch nichts schief gehen kann!

Donald Trump

Montag
5. Jan.

From Russia with Love.

Donald Trump

Montag
6. Jan.

Ja, Madam, ich bin betrunken!
Aber wissen se wat?
Ich bin morgen nüchtern, sie aber
immer noch hässlich!

Donald Trump

Montag
7. Jan.

I‘m the biggest, the best,
better than the rest!

Donald Trump

Montag
8. Jan.

Mein Problem ist, dass ich immer sehr selbstkritisch bin, auch mir selbst gegenüber.

Donald Trump

Montag
9. Jan.

Wer viel redet,
glaubt am Ende,
was er sagt.

Donald Trump

Montag
10. Jan.

Ich sage nur ein Wort:
Vielen Dank.

Donald Trump

Montag
11. Jan.

Jedes Publikum kriegt die Vorstellung, die es verdient.

Donald Trump

Montag
12. Jan.

Man hetzt die Leute auf
mit Tatsachen, die nicht der
Wahrheit entsprechen.

Donald Trump

Montag
13. Jan.

Jeder hat einen Plan – bis er eins auf die Fresse bekommt.

Donald Trump

Montag
14. Jan.

Jeder Mensch ist ein Clown,
aber nur wenige haben den Mut,
es zu zeigen.

Donald Trump

Montag
15. Jan.

Das sind Gefühle, wo man schwer beschreiben kann.

Donald Trump

Montag
16. Jan.

Im Großen und Ganzen
war es ein Spiel, das, wenn es
anders läuft, auch anders hätte
ausgehen können.

Donald Trump

Montag
17. Jan.

Ins Exil gehen, ich werde müssen.
Versagt ich habe.

Hillary Clinton

Montag
18. Jan.

Lieber Cholera auf dem Pipimann
als deine Stimme!

Donald Trump

Montag
19. Jan.

What a difference a day makes.

Donald Trump

Montag

20. Jan.

Ich heb‘ ab, nichts hält
mich am Boden.

Donald Trump

Montag
21. Jan.

Der Mohr hat seine Arbeit getan,
der Mohr kann gehen.

Donald Trump

Montag
22. Jan.

Don‘t it always seem to go,
that you don‘t know what you‘ve
got till it‘s gone.

Barack Obama

Montag
23. Jan.

Etwas nicht zu können
ist kein Grund, es nicht zu tun.

Donald Trump

Montag
24. Jan.

Sind wir nicht alle
ein bisschen Bluna?

Donald Trump

Montag
25. Jan.

Das Gebirge,
wie hassenswert!
Ein See, wie langweilig!
Die grünen Wiesen,
wie abstoßend!

Donald Trump

Montag
26. Jan.

Ein Leben
ohne Möpse ist möglich,
aber sinnlos.

Donald Trump

Montag
27. Jan.

Ich habe nur einen Tipp
an alle Stars von morgen.
Googelt euch nicht.
Das ruiniert euch den Tag.

Donald Trump

Montag
28. Jan.

Der Duft, der Frauen provoziert.

Donald Trump

Montag
29. Jan.

Je öfter sich ein Politiker widerspricht, desto größer ist er.

Donald Trump

Montag
30. Jan.

Sich als Opfer zu fühlen,
ist leicht. Als Opfer verehrt zu
werden, das ist die Kunst.

Donald Trump

Montag
31. Jan.

Man muss nicht immer
die absolute Mehrheit hinter
sich haben, manchmal reichen
auch 51 Prozent.

Donald Trump

Montag
1. Feb.

Wer sich Respekt verschaffen will,
darf sich nur von seiner
hässlichsten Seite zeigen.

Donald Trump

Montag
2. Feb.

I kissed a girl and I liked it.

Donald Trump

Montag
3. Feb.

Gerade in Kleinigkeiten,
als bei welchen der Mensch
sich nicht zusammennimmt,
zeigt er seinen Charakter.

Donald Trump

Montag
4. Feb.

Wer wird denn gleich
in die Luft gehen?

Donald Trump

Montag
5. Feb.

Mancher glaubt, beliebt zu sein, aber man hat sich nur an seine Art gewöhnt.

Donald Trump

Montag
6. Feb.

Der Pfad der Gerechten ist zu beiden Seiten gesäumt mit den Freveleien der Selbstsüchtigen und der Tyrannei böser Männer.

Donald Trump

Montag
7. Feb.

Unsere Feinde sind innovativ
und erfinderisch, genau wie wir.
Sie denken ständig über neue
Wege nach, wie sie unserem Land
und unserem Volk schaden
können, genau wie wir.

Donald Trump

Montag
8. Feb.

Meine Stadt, mein Bezirk,
mein Viertel, meine Gegend,
meine Straße, mein Zuhause,
mein Block.

Donald Trump

Montag
9. Feb.

Die Intelligenz verfolgt mich,
aber ich bin schneller.

Donald Trump

Montag
10. Feb.

Die Menschen achten den,
der sie verachtet.

Donald Trump

Montag
11. Feb.

Alte Menschen werden oft durch Geld anziehend und liebenswert.

Melania Trump

Montag
12. Feb.

Die Einkommensteuer
hat mehr Menschen zu Lügnern
gemacht als der Teufel.

Donald Trump

Montag
13. Feb.

Es gibt nur eins,
was auf Dauer teurer ist
als Bildung – keine Bildung.

Donald Trump

Montag
14. Feb.

Feminismus existiert nur, um hässliche Frauen in die Gesellschaft zu integrieren.

Donald Trump

Montag
15. Feb.

Als mich mein Vater zum ersten Mal auf einer Bühne gesehen hat, hat er geweint – weil er sich geschämt hat.

Donald Trump

Montag
16. Feb.

Ein Mann ist so alt,
wie er sich fühlt.
Eine Frau ist so alt,
wie sie sich anfühlt.

Donald Trump

Montag
17. Feb.

Wir wissen, dass wir nur
Vorläufige sind,
und nach uns wird kommen:
nichts Nennenswertes.

Donald Trump

Montag
18. Feb.

Ich bin außerordentlich geduldig, vorausgesetzt, ich bekomme zum Schluss meinen Willen.

Donald Trump

Montag
19. Feb.

Mit zwanzig Jahren
hat jeder das Gesicht,
das Gott ihm gegeben hat,
mit vierzig das Gesicht,
das ihm das Leben gegeben hat,
und mit sechzig das Gesicht,
das er verdient.

Donald Trump

Montag
20. Feb.

Wenn man ein kleines
Vermögen machen will,
muss man mit einem sehr
großen anfangen.

Donald Trump

Montag
21. Feb.

Toleranz heißt:
die eigenen Fehler entschuldigen.
Genie heißt: sie nicht bemerken.

Donald Trump

Montag
22. Feb.

Hasta la vista, baby!

Donald Trump

Montag
23. Feb.

Den Bush haben's auch gewählt
und keiner mag ihn.

Donald Trump

Montag
24. Feb.

Je weniger Ahnung jemand hat, desto mehr Spektakel macht er und ein desto höheres Gehalt verlangt er.

Donald Trump

Montag
25. Feb.

The show must go on!

Donald Trump

Montag
26. Feb.

Wir brauchen die Ängstlichen,
um Mehrheiten zu bewegen.
Die Ängstlichen sind nicht
unsere Gegner, sondern genau
genommen unsere Verbündeten.

Donald Trump

Montag
27. Feb.

Amerikaner tun am
Ende immer das Richtige.
Nachdem sie vorher alle
anderen Möglichkeiten
ausprobiert haben.

Donald Trump

Montag
28. Feb.

Scheiß auf die Welt.

Donald Trump

Montag
1. März

Alles muss raus!

Donald Trump

Montag
2. März

Denn wo zwei oder
drei versammelt sind
in meinem Namen, da bin
ich mitten unter ihnen.

Donald Trump

Montag
3. März

Was manche Menschen
sich selber vormachen,
das macht ihnen so schnell
keiner nach.

Donald Trump

Montag
4. März

Der Mensch ist bereit,
für jede Idee zu sterben,
vorausgesetzt, dass ihm die
Idee nicht ganz klar ist.

Donald Trump

Montag
5. März

Let‘s do the time warp again.

Donald Trump

Montag
6. März

Ich bin für die Todesstrafe.
Wer schreckliche Dinge getan hat,
muss eine angemessene Strafe
bekommen. So lernt er seine
Lektion für das nächste Mal.

Donald Trump

Montag
7. März

Wir müssen jetzt mit dem
Boden auf den Füßen bleiben.

Donald Trump

Montag
8. März

Lerne Widerspruch ertragen.
Sei nicht kindisch eingenommen
von deinen Meinungen.

Donald Trump

Montag
9. März

Was darf die Satire? Alles.

Donald Trump

Montag
10. März

It‘s the end of the world
as we know it.

Donald Trump

Montag
11. März

Lasst, die Ihr eintretet,
alle Hoffnung fahren!

Donald Trump

Montag
12. März

Kein Mensch,
und wäre er noch so reich,
kommt meinem
Spiegelbilde gleich.

Donald Trump

Montag
13. März

Die Dummheit ist die sonderbarste aller Krankheiten. Der Kranke leidet niemals unter ihr. Aber die anderen leiden.

Donald Trump

Montag
14. März

Am Ende bleibt immer nur der Ruf nach den Verantwortlichen.

Donald Trump

Montag
15. März

Ich wollte eigentlich nie wirklich nach Japan. Aus dem Grund, weil ich einfach keinen Fisch mag. Und ich weiß, der ist sehr beliebt dort in Afrika.

Donald Trump

Montag
16. März

Sex ohne Liebe ist besser
als gar kein Sex.

Donald Trump

Montag
17. März

Nukular!
Das Wort heißt:
Nukular!

Donald Trump

Montag
18. März

Happiness is a warm gun.

Donald Trump

Montag

19. März

Die erfundenen Sprüche
sind oft schlauer als das,
was ich wirklich gesagt habe.

Donald Trump

Montag
20. März

No, no, no, no,
no, no, no, no,
no, no, no, no,
there‘s no limit!

Donald Trump

Montag
21. März

Da staunt der Laie, und der Fachmann wundert sich.

Donald Trump

Montag
22. März

Lasse das Publikum immer so viel leiden wie möglich.

Donald Trump

Montag
23. März

Altern heißt, Illusionen durch Vorurteile zu ersetzen.

Donald Trump

Montag
24. März

Von all den Dingen,
die ich verloren habe,
vermisse ich am meisten
meinen Verstand.

Donald Trump

Montag
25. März

Ich glaube an das Pferd.
Das Automobil ist eine
vorübergehende Erscheinung.

Donald Trump

Montag
26. März

Betrachte nicht müßig
den Steinhaufen,
sondern frage dich, wen du
damit bewerfen kannst.

Donald Trump

Montag
27. März

Wer befehlen kann,
findet welche,
die gehorchen müssen.

Donald Trump

Montag
28. März

Das Internet ist für uns alle Neuland.

Donald Trump

Montag
29. März

Wenn 50 Millionen Menschen etwas Dummes sagen, bleibt es trotzdem eine Dummheit.

Donald Trump

Montag
30. März

Wenn die Sonne der Kultur niedrig steht, werfen selbst Zwerge lange Schatten.

Donald Trump

Montag
31. März

Traue keiner Statistik, die du nicht selbst gefälscht hast.

Donald Trump

Montag
1. Apr.

Es ist fast immer schlimmer,
als du denkst.

Donald Trump

Montag
2. Apr.

Wenn ich einen Furz lasse,
soll man es bis Rom riechen.

Donald Trump

Montag
3. Apr.

Born this way.

Donald Trump

Montag

4. Apr.

Der Körper ist der Übersetzer der Seele ins Sichtbare.

Donald Trump

Montag

5. Apr.

Die digitale Welt eröffnet der Basisdemokratie völlig neue Möglichkeiten.

Donald Trump

Montag
6. Apr.

Wenn dein Gewissen rein bleiben soll, darfst du es nicht benutzen.

Donald Trump

Montag
7. Apr.

Lache nie über die
Dummheit der anderen.
Sie ist deine Chance.

Donald Trump

Montag
8. Apr.

Nur echt mit der Goldkante.

Donald Trump

Montag
9. Apr.

Das Wichtigste im Leben
ist immer zu wissen,
wo der Hinterausgang ist.

Donald Trump

Montag
10. Apr.

In jedes Menschen Gesichte
steht seine Geschichte.

Donald Trump

Montag
11. Apr.

Wer zu laut und zu oft
seinen eigenen Namen kräht,
erweckt den Verdacht, auf einem
Misthaufen zu stehen.

Donald Trump

Montag
12. Apr.

Der Charakter, den man
mit 20 Jahren gehabt hat,
ist mit 40 unbrauchbar,
mit 60 beinahe eine Schande.

Donald Trump

Montag
13. Apr.

Ohne die Ankündigung eines Weltuntergangs bleiben die Nachrichten uninteressant.

Donald Trump

Montag
14. Apr.

Ein Trainer is nich ein Idiot.
Ein Trainer seh,
was passieren in Platz.

Donald Trump

Montag
15. Apr.

Die gefährlichste Weltanschauung ist die Weltanschauung derjenigen, die die Welt nicht angeschaut haben.

Donald Trump

Montag
16. Apr.

Kannst du mir
deine Telefonnummer geben?
Ich hab meine verloren.

Donald Trump

Montag
17. Apr.

Ha, ha!

Donald Trump

Montag

18. Apr.

Es ist schwer
für einen leeren Sack,
aufrecht zu stehen.

Donald Trump

Montag
19. Apr.

Politik ist die Kunst, von den Reichen das Geld und von den Armen die Stimmen zu erhalten, beides unter dem Vorwand, die einen vor den anderen schützen zu wollen.

Donald Trump

Montag
20. Apr.

Wir haben weiße Pussys, schwarze Pussys, spanische Pussys, gelbe Pussys! Wir haben heiße Pussys, kalte Pussys, nasse Pussys. Wir haben stinkende Pussys, haarige Pussys, blutige Pussys, bissige Pussys. Wir haben Seidenpussys, Samtpussys, Nylonpussys, sogar Pferdepussys, Hundepussys. Hühnerpussys. Kommt schon, ihr wollt Pussys? Kommt, ihr Pussyfreunde.

Donald Trump

Montag
21. Apr.

Wir leben wirklich in
einer Pussy-Generation.

Donald Trump

Montag
22. Apr.

Komm auch du, greif zu!

Donald Trump

Montag
23. Apr.

Ein kluger Mann wird sich
mehr Gelegenheiten verschaffen
als sich ihm darbieten.

Donald Trump

Montag
24. Apr.

Ich hatte keine sexuelle
Beziehung mit dieser Frau!

Donald Trump

Montag
25. Apr.

Berlin. Windstärke 5.
Das Haar sitzt.

Donald Trump
(Tagebucheintrag)

Montag
26. Apr.

Schlechter Geschmack
bringt viel mehr Millionäre hervor
als guter Geschmack.

Donald Trump

Montag
27. Apr.

London. Umsteigen bei Regen.
Die Frisur hält.

Donald Trump
(Tagebucheintrag)

Montag
28. Apr.

Reich ist man erst dann,
wenn man sich bei der Bilanz
um einige Millionen Dollar irren
kann, ohne dass es auffällt.

Donald Trump

Montag
29. Apr.

New York. 30 Grad.
Die Sonne brennt.
Das Haar bleibt geschützt.
Selbst Stunden später sitzt die
Frisur noch immer perfekt.

Donald Trump
(Tagebucheintrag)

Montag
30. Apr.

Du musst die Hände zum Nehmen ausstrecken und zum Geben einziehen, auf dass deine Gelenke nie einrosten.

Donald Trump

Montag
1. Mai

Wir müssen gewinnen,
alles andere ist primär.

Donald Trump

Montag
2. Mai

Ein ganzer Kerl dank Chappi.

Donald Trump

Montag
3. Mai

Finger im Po, Mexiko.

Donald Trump

Montag

4. Mai

Dann klappt‘s auch
mit dem Nachbarn.

Donald Trump

Montag
5. Mai

Ich kenne mindestens
1000 Möglichkeiten wie
wir aus der Situation hier
wieder rauskommen.
Leider sind sie alle tödlich.

Donald Trump

Montag
6. Mai

Geld macht nicht glücklich,
jedenfalls nicht,
solange es anderen gehört.

Donald Trump

Montag
7. Mai

Man muss wissen,
bis wohin man zu weit
gehen kann.

Donald Trump

Montag
8. Mai

Ein Experte ist ein Mann,
der hinterher genau sagen kann,
warum seine Prognose nicht
gestimmt hat.

Donald Trump

Montag
9. Mai

Wirklich negativ
fallen nur Menschen auf,
die positiv denken.

Donald Trump

Montag
10. Mai

Erfolg steigt nur zu Kopf,
wenn dort der erforderliche
Hohlraum vorhanden ist.

Donald Trump

Montag
11. Mai

3,2,1, meins!

Donald Trump

Montag
12. Mai

Gegen eine Dummheit,
die gerade in Mode ist,
kommt keine Klugheit auf.

Donald Trump

Montag
13. Mai

Sehr geehrte Damen und Herren,
liebe Neger.

Donald Trump

Montag
14. Mai

Wer einen Sinn hat für
das Hässliche, dem muss
auf Erden wohl sein.

Donald Trump

Montag
15. Mai

Ich fliege irgendwo
in den Süden – vielleicht nach
Kanada oder so.

Donald Trump

Montag
16. Mai

Man kann den Sonnenschein nicht verbieten, aber man kann dafür sorgen, dass andere im Schatten stehen.

Donald Trump

Montag
17. Mai

Tue zehn Jahre lang Gutes,
und niemand wird es bemerken.
Eine Stunde lang Böses getan,
und Ruhm ist dir gewiss.

Donald Trump

Montag
18. Mai

Lerne den Ton
der Gesellschaft anzunehmen,
in der du dich befindest.

Donald Trump

Montag
19. Mai

Wir denken selten an das,
was wir haben, aber immer an das,
was uns fehlt.

Donald Trump

Montag
20. Mai

Vielleicht ist es den Affen gar nicht recht, dass wir mit ihnen verwandt sind.

Donald Trump

Montag
21. Mai

Wenn ich immer
alle Regeln befolgt hätte,
hätte ich es nie zu
etwas gebracht.

Donald Trump

Montag
22. Mai

Alles wird teurer,
nur die Ausreden werden
immer billiger.

Donald Trump

Montag
23. Mai

Der hundertprozentige
Amerikaner ist ein
neunzigprozentiger Idiot.

Donald Trump

Montag
24. Mai

Schwester, können Sie
mir einen Blasen- ,… oder
einen Nierentee bringen?

Donald Trump

Montag
25. Mai

Der Unterschied zwischen
Justin Bieber und mir?
Er hat nur EINE feste Freundin.

Donald Trump

Montag
26. Mai

Ein Abend, an dem sich
alle Anwesenden einig sind,
ist ein verlorener Abend.

Donald Trump

Montag
27. Mai

Dumm wird man nicht,
dumm bleibt man.

Donald Trump

Montag
28. Mai

Show me your genitals!

Donald Trump

Montag
29. Mai

Ich will dieses Jahr
etwas schlichter werden.
Deshalb habe ich meinen
Twitter-Hintergrund jetzt
einfarbig gemacht.

Donald Trump

Montag
30. Mai

Oh, you touch my tralala.
Mmm, my ding ding dong.

Donald Trump

Montag
31. Mai

Ein Haupt voll
goldenem Haar ist oft teurer
als ein Sack voll Dukaten.

Donald Trump

Montag
1. Juni

Demokratie ist ein Verfahren, das garantiert, dass wir nicht besser regiert werden, als wir es verdienen.

Donald Trump

Montag
2. Juni

Ein gutes Leben hat nur selten
einen Menschen ruiniert.
Was den Menschen in
den Ruin treibt, sind die
dummen Geschäfte.

Donald Trump

Montag
3. Juni

Die Grenzen meiner
Sprache bedeuten die
Grenzen meiner Welt.

Donald Trump

Montag
4. Juni

Der größte Vorteil des Ruhms
besteht vielleicht darin,
dass man ungestraft die größten
Dummheiten sagen darf.

Donald Trump

Montag
5. Juni

Die Realität ist anders
als die Wirklichkeit.

Donald Trump

Montag
6. Juni

Mit anderthalb Lügen kommt man durch die ganze Welt.

Donald Trump

Montag
7. Juni

Nach meiner Erfahrung
sind vor allem die Frauen
aus den neuen Bundesländern
sehr aufgeschlossen und frei.

Donald Trump

Montag
8. Juni

Der beste Weg, sich zu entschuldigen, ist, die Schuld eines anderen aufzudecken.

Donald Trump

Montag
9. Juni

Geld allein
macht nicht glücklich.
Es gehören auch noch Aktien,
Gold und Grundstücke dazu.

Donald Trump

Montag
10. Juni

Andere beherrschen
erfordert Kraft.
Sich selbst beherrschen
fordert Stärke.

Donald Trump

Montag
11. Juni

Putin ist ein
lupenreiner Demokrat.

Donald Trump

Montag
12. Juni

Erfolg verändert
den Menschen nicht.
Er entlarvt ihn.

Donald Trump

Montag
13. Juni

Die Polizei ist dafür da,
dass diejenigen, die nichts haben,
denjenigen, die viel haben,
nichts wegnehmen.

Donald Trump

Montag
14. Juni

Manche sagen,
ich sei bekloppt – ich find mich verhaltensoriginell!

Donald Trump

Montag
15. Juni

Ich muss ein Lichtschalter sein. Jedes Mal, wenn ich dich sehe, machst du mich an!

Donald Trump

Montag
16. Juni

Es gibt nur etwas, was teuerer ist als eine Frau – nämlich eine Ex-Frau.

Donald Trump

Montag
17. Juni

Da sind meine Gefühle
mit mir Gassi gegangen.

Donald Trump

Montag
18. Juni

Dafür stehe ich
mit meinem Namen.

Donald Trump

Montag
19. Juni

Das wird doch alles von den Medien hochsterilisiert!

Donald Trump

Montag
20. Juni

You are on the woodway,
Mr. President.

Donald Trump

Montag
21. Juni

Wenn einer noch so klug ist,
so ist er oft doch nicht klug genug,
um den Dummen zu begreifen.

Donald Trump

Montag
22. Juni

Man hat im Leben die Wahl,
entweder mit der Masse
mitzulaufen oder vor ihr
davonzulaufen.

Donald Trump

Montag
23. Juni

Ich bin bekannt für meine Ironie.
Aber auf den Gedanken,
im Hafen von New York eine
Freiheitsstatue zu errichten,
wäre selbst ich nicht gekommen.

Donald Trump

Montag
24. Juni

Für mich gibt es nur „entweder-oder“. Also entweder voll oder ganz!

Donald Trump

Montag
25. Juni

Wer zuletzt lacht,
lacht am besten.

Donald Trump

Montag
26. Juni

Ich glaube, Homo-Ehen sollten sich auf Ehen zwischen Mann und Frau beschränken.

Donald Trump

Montag
27. Juni

Ich habe keine Angst,
mich unbeliebt zu machen.
Ich bin es schon.

Donald Trump

Montag
28. Juni

Was braucht man,
um erfolgreich zu sein?
Unwissenheit und
Selbstvertrauen.

Donald Trump

Montag
29. Juni

Die Berühmtheit mancher
Zeitgenossen hängt mit
der Blödheit der Bewunderer
zusammen.

Donald Trump

Montag
30. Juni

Dass andere anders sind,
anders denken, anders handeln,
ist nur halb so schlimm
wie die Tatsache, dass sie
überhaupt da sind.

Donald Trump

Montag
1. Juli

Wer sich an das Absurde gewöhnt hat, findet sich in unserer Zeit gut zurecht.

Donald Trump

Montag
2. Juli

Lieber Gott,
wir danken Dir für gar nichts,
wir haben alles selbst bezahlt!

Donald Trump

Montag
3. Juli

Der beste Weg,
die Zukunft vorauszusagen, ist,
sie zu erfinden.

Donald Trump

Montag
4. Juli

Ja, wir müsse de Fans Muschi zeigen! Muschi, Muschi, Muschi, ich will Muschi sehen!

Donald Trump

Montag

5. Juli

Geld macht nicht glücklich.
Ich habe jetzt 50 Millionen Dollar,
aber ich war genauso glücklich
als ich 48 Millionen hatte.

Donald Trump

Montag
6. Juli

I‘m on the highway to hell.

Donald Trump

Montag
7. Juli

Vernünftige und
verantwortungsbewusste Frauen
wollen gar nicht wählen.

Donald Trump

Montag
8. Juli

Das Schwierigste am
Diskutieren ist nicht, den eigenen
Standpunkt zu verteidigen,
sondern ihn zu kennen.

Donald Trump

Montag
9. Juli

Ein jeder versucht eben
auf seine Weise, in der Welt
vorwärtszukommen.

Donald Trump

Montag
10. Juli

Mein Parfüm riecht
nach einer teuren Nutte.

Donald Trump

Montag
11. Juli

Alle reden davon, dass sie mehr Privatsphäre wollen. Aber dann posten sie bei Facebook und Twitter ständig, was sie machen und wo sie sind.

Donald Trump

Montag
12. Juli

Himmel und Erde
werden vergehen, aber meine
Worte werden nicht vergehen.

Donald Trump

Montag
13. Juli

Ich weiß nicht,
wie die Frage lautet,
aber die Antwort heißt
mit Sicherheit: Sex.

Donald Trump

Montag
14. Juli

Wir müssen die Menschen
dort abholen, wo sie stehen,
und dorthin rudern, wo sie nicht
mehr stehen können.

Donald Trump

Montag
15. Juli

But I‘m a creep, I‘m a weirdo.
What the hell am I doing here?
I don‘t belong here.

Donald Trump

Montag
16. Juli

Macho, Macho kannst net lernen.
Macho, Macho muss man sein.

Donald Trump

Montag
17. Juli

Es gibt nur zwei Tragödien im Leben. Die eine ist, nicht zu bekommen, was man möchte, und die andere ist, es zu bekommen.

Donald Trump

Montag
18. Juli

Wenn einer Geld hat,
darf er so dumm sein, wie er will.

Donald Trump

Montag
19. Juli

In manchen Ländern
sind Satiriker überflüssig,
die Regierungen machen
sich selbst lächerlich.

Donald Trump

Montag
20. Juli

Unverständlichkeit ist noch lange kein Beweis für tiefe Gedanken.

Donald Trump

Montag
21. Juli

So viel Geld lässt sich, weiß Gott, nicht mit etwas Gutem verdienen.

Donald Trump

Montag
22. Juli

Wer einen Charakter hat,
braucht keine Prinzipien.

Donald Trump

Montag
23. Juli

Krieg ist Gottes Art,
den Amerikanern Geographie
beizubringen.

Donald Trump

Montag
24. Juli

Der mit dem Blubb.

Donald Trump

Montag
25. Juli

Sei du selbst die Veränderung,
die du dir wünschst für diese Welt.

Donald Trump

Montag
26. Juli

I‘m too sexy for my shirt,
so sexy it hurts.

Donald Trump

Montag
27. Juli

Es ist großartig,
blond zu sein – bei so geringen
Erwartungen ist es leicht,
jemanden zu beeindrucken.

Donald Trump

Montag
28. Juli

Wenn ich die
Menschen gefragt hätte,
was sie wollen, hätten sie gesagt
schnellere Pferde.

Donald Trump

Montag
29. Juli

Ich bin vom ADAC
und würde dich heute Abend
gerne abschleppen.

Donald Trump

Montag
30. Juli

Die Menschen erhalten
immer das, was sie verlangen.
Leider wissen sie erst,
wenn sie es erhalten, was es ist,
was sie verlangt haben.

Donald Trump

Montag
31. Juli

Meine Tochter hat mich gebeten, nie wieder das Wort Vagina in einem Interview zu sagen. Uuups, ich hab's gerade getan!

Donald Trump

Montag
1. Aug.

Oops! … I did it again.

Donald Trump

Montag

2. Aug.

Leider sieht man meist
noch älter aus, als man sich
ohnehin fühlt.

Donald Trump

Montag
3. Aug.

Warum feiern wir
eigentlich Weihnachten?
Es kommt doch jeden Tag vor,
dass ein Mann geboren wird,
der sich später für Gott hält.

Donald Trump

Montag
4. Aug.

Wir dürfen jetzt nur nicht
den Sand in den Kopf stecken!

Donald Trump

Montag
5. Aug.

Fakten, Fakten, Fakten.

Donald Trump

Montag

6. Aug.

Nimm, ohne dich zu erinnern;
gib, ohne zu vergessen.

Donald Trump

Montag
7. Aug.

U can‘t touch this.

Donald Trump

Montag
8. Aug.

Wenn du dich
mit dem Teufel einlässt,
verändert sich nicht der Teufel ...
... der Teufel verändert dich.

Donald Trump

Montag
9. Aug.

Zwei Dinge sind unendlich:
das Universum und die
menschliche Dummheit.
Aber bei dem Universum bin ich
mir noch nicht ganz sicher.

Donald Trump

Montag
10. Aug.

I am the god of hellfire
and I bring you: fire.

Donald Trump

Montag
11. Aug.

Mag alles verderben,
wenn ich nur herrsche.

Donald Trump

Montag
12. Aug.

Moskau, Moskau,
Liebe schmeckt wie Kaviar,
Mädchen sind zum Küssen da!
Hohohohoho …

Donald Trump

Montag
13. Aug.

Die Menschen sind so einfältig
und hängen so sehr vom Eindruck
des Augenblickes ab,
dass einer, der sie täuschen will,
stets jemanden findet, der sich
täuschen lässt.

Donald Trump

Montag
14. Aug.

Was ich habe, ist Charakter
in meinem Gesicht.
Hat mich ´ne Masse langer
Nächte und Drinks gekostet,
das hinzukriegen.

Donald Trump

Montag
15. Aug.

Die Macht kann großen Einfluss haben auf die geistig Schwachen.

Donald Trump

Montag
16. Aug.

Der Vorteil der Klugheit
liegt darin, dass man sich dumm
stellen kann. Das Gegenteil
ist schon schwieriger.

Donald Trump

Montag
17. Aug.

Zwei mal drei macht vier,
widewidewitt, und drei macht
neune, ich mach mir die Welt,
widewide wie sie mir gefällt.

Donald Trump

Montag
18. Aug.

Spieglein, Spieglein
an der Wand, wer ist der
Schönste im ganzen Land?

Donald Trump

Montag
19. Aug.

Menschen, die hart, habgierig
und stets bereit sind,
ihre Nachbarn auszunutzen,
werden sehr reich.

Donald Trump

Montag
20. Aug.

Das Ende der Kompromisse.

Donald Trump

Montag
21. Aug.

Wenn ich zwei Gesichter hätte,
würde ich dann dieses tragen?

Donald Trump

Montag
22. Aug.

Sage nicht die Wahrheit – und du wirst bald ein angesehenes Mitglied der menschlichen Gesellschaft.

Donald Trump

Montag
23. Aug.

Wenn in Amerika ein
Klassenkampf tobt,
ist meine Klasse dabei,
ihn zu gewinnen.

Donald Trump

Montag
24. Aug.

Die Schweden sind keine Holländer – das hat man ganz genau gesehen.

Donald Trump

Montag
25. Aug.

Wer herzhaft lacht, hat mich nicht richtig verstanden.

Donald Trump

Montag
26. Aug.

Vorhang auf für ein kleines bisschen Horrorschau.

Donald Trump

Montag
27. Aug.

Merkwürdigerweise fühlt sich der Wähler nicht verantwortlich für das Versagen der Regierung, die er gewählt hat.

Donald Trump

Montag
28. Aug.

Hüte dich vor einem Entschluss,
der andere fröhlich stimmt.

Donald Trump

Ich habe viel von meinem Geld für Alkohol, Weiber und schnelle Autos ausgegeben. Den Rest habe ich einfach verprasst.

Donald Trump

Montag

30. Aug.

Jeder schließt von sich auf andere und berücksichtigt nicht, dass es auch anständige Menschen gibt.

Donald Trump

Montag
31. Aug.

Ich hatte vom Feeling
her ein gutes Gefühl.

Donald Trump

Montag
1. Sep.

Es genügt nicht,
dass die Vögel des Kummers
um dein Haupt fliegen;
du musst ihnen ein Nest in
deinem Haar bauen!

Donald Trump

Montag
2. Sep.

Man muss die Leute
an ihren Einfluss glauben
lassen – Hauptsache ist,
dass sie keinen haben.

Donald Trump

Montag
3. Sep.

Ein kluger Mann
macht nicht alle Fehler selbst.
Er gibt auch anderen eine Chance.

Donald Trump

Montag
4. Sep.

Es gibt Politiker, die Angst haben,
ihr Gesicht zu verlieren.
Dabei könnte ihnen gar nichts
besseres passieren.

Donald Trump

Montag
5. Sep.

Wer einen Fehler gemacht hat
und ihn nicht korrigiert,
wird am Ende recht behalten.

Donald Trump

Montag
6. Sep.

Jeder gleicht der Gesellschaft,
in der er sich meist aufhält.

Donald Trump

Montag
7. Sep.

Ich spreche nur zwei Sprachen: Englisch und schlechtes Englisch und mit denen habe ich schon Probleme.

Donald Trump

Montag
8. Sep.

Nur die dümmsten Kälber
wählen ihren Schlächter selber.

Donald Trump

Montag
9. Sep.

Lerne nicht mehr als du unbedingt brauchst, um durchs Leben zu kommen.

Donald Trump

Montag
10. Sep.

Nun komm schon Gehirn:
Du magst mich nicht und ich mag Dich nicht. Aber da müssen wir jetzt leider durch.
Danach werde ich Dich auch wieder kräftig mit Bier ersäufen.

Donald Trump

Montag
11. Sep.

Am meisten habe ich in meinem Leben von Menschen gelernt, die genau dieselbe Meinung hatten wie ich.

Donald Trump

Montag
12. Sep.

Freiheit besteht darin,
dass jeder tun kann, was ich will.

Donald Trump

Montag
13. Sep.

Mailand oder Madrid –
Hauptsache Italien!

Donald Trump

Montag
14. Sep.

Man muss mich gesehen haben,
um es zu glauben.

Donald Trump

Montag
15. Sep.

Das Leben ist ein
ewiges Wechselspiel aus
Nehmen und Behalten.

Donald Trump

Montag
16. Sep.

From the day I was born,
I was bad to the bone.

Donald Trump

Montag
17. Sep.

Diplomatie heißt
den Kuchen so teilen,
dass die anderen mit den
Krümeln zufrieden sind.

Donald Trump

Montag
18. Sep.

Sie wären überrascht,
wie viel es kostet,
so billig auszusehen.

Donald Trump

Montag
19. Sep.

Nicht vom Behalten, sondern vom Geben wird man arm.

Donald Trump

Montag
20. Sep.

Wenn ich diesen Knopf drücke, wird Kalifornien eine sehr ruhige Gegend werden – sagen wir für 10.000 Jahre.

Donald Trump

Montag
21. Sep.

Eitelkeit ist darum so schwer abzulegen, weil man sie, unter allen Lastern allein, den ganzen Tag genießen kann.

Donald Trump

Montag

22. Sep.

Born in the U.S.A.!

Donald Trump

Montag
23. Sep.

Das selbe, wie jeden
Abend, Pinky: Wir versuchen,
die Weltherrschaft an uns
zu reißen.

Donald Trump

Montag
24. Sep.

Sprächen die Menschen
nur von Dingen, von denen
sie etwas verstehen,
die Stille wäre unerträglich.

Donald Trump

Montag
25. Sep.

Ich bin Amerikaner, Süße, unsere Namen bedeuten einen Scheiß!

Donald Trump

Montag
26. Sep.

Wie tragisch für einen Mann in den besten Jahren, wenn er vor die Gewissensfrage gestellt wird, ob er eine junge Dame heiraten oder adoptieren soll.

Donald Trump

Montag
27. Sep.

Klar nennt man die Ideen, die dasselbe Maß an Verwirrung haben, wie unser eigener Geist.

Donald Trump

Montag
28. Sep.

Wer als Werkzeug nur einen Hammer hat, sieht in jedem Problem einen Nagel.

Donald Trump

Montag
29. Sep.

Niemand hat die Absicht,
eine Mauer zu errichten.

Donald Trump

Montag
30. Sep.

Der wahre Humor
weiß ganz genau, dass man im
Grunde nichts zu lachen hat.

Donald Trump

Montag
1. Okt.

Für kleine Hunde
mit großen Ansprüchen.

Donald Trump

Montag
2. Okt.

Wer die Wahrheit nicht von dir hören will, wird bestimmt deine Lüge glauben.

Donald Trump

Montag
3. Okt.

Wenn du nichts Schlechtes über
einen anderen zu sagen weißt,
sage lieber überhaupt nichts.

Donald Trump

Montag
4. Okt.

Schuppenfreies Haar,
unwiderstehlich schön.

Donald Trump

Montag
5. Okt.

Man lässt sich gewöhnlich
lieber durch Gründe überzeugen,
die man selbst erfunden hat,
als durch solche, die anderen in
den Sinn gekommen sind.

Donald Trump

Montag
6. Okt.

You know I‘m bad, I‘m bad.
I‘m really, really bad.

Donald Trump

Montag
7. Okt.

Wahnsinn bei Individuen
ist selten, aber in Gruppen,
Nationen und Epochen die Regel.

Donald Trump

Montag
8. Okt.

Wer sich selbst treu
bleiben will, kann nicht immer
anderen treu bleiben.

Donald Trump

Montag
9. Okt.

Milliardäre sind Leute, die auch einmal als ganz gewöhnliche Millionäre angefangen haben.

Donald Trump

Montag
10. Okt.

Ich bevorzuge
deine Schwester, die Nutte.

Donald Trump

Montag
11. Okt.

Die Geschichte und die kommenden Generationen werden unsere Führer nach den von ihnen getroffenen Entscheidungen beurteilen.

Donald Trump

Montag
12. Okt.

Wo etwas Dummes
gesagt wird, da wird es hell in
den Menschenherzen.

Donald Trump

Montag
13. Okt.

Wenn man weiß,
wie viel Geld man hat,
ist man kein reicher Mann.

Donald Trump

Montag
14. Okt.

Also seit wann leitet
ein Irrer ein Irrenhaus?

Donald Trump

Montag
15. Okt.

Wehe aber, wer sich dem
Gelächter aussetzt;
er ist auf ewig gebrandmarkt.

Donald Trump

Montag
16. Okt.

Eine Lüge ist bereits dreimal um die Erde gelaufen, bevor sich die Wahrheit die Schuhe anzieht.

Donald Trump

Montag
17. Okt.

Ein Prozent Inspiration –
neunundneunzig Prozent
Transpiration.

Donald Trump

Montag
18. Okt.

Fairness ist die Kunst,
sich in den Haaren zu liegen,
ohne die Frisur zu zerstören.

Donald Trump

Montag
19. Okt.

Was kümmert mich mein Geschwätz von gestern!

Donald Trump

Montag
20. Okt.

Der Käse,
der aus der Reihe tanzt.

Donald Trump

Montag
21. Okt.

Willst du den Charakter
eines Menschen erkennen,
so gib ihm Macht.

Donald Trump

Montag
22. Okt.

Ein Drittel?
Nee, ich will mindestens
ein Viertel.

Donald Trump

Montag
23. Okt.

Für ein Volk, das es wagt,
sich seines eigenen Verstandes zu
bedienen, ist die Demokratie die
beste aller Staatsformen,
für ein verdummtes Volk
die schlechteste.

Donald Trump

Montag
24. Okt.

Takt ist die Kunst,
einen Erfolg zu erzielen,
ohne sich einen Feind
zu machen.

Donald Trump

Montag
25. Okt.

Willkommen im Land der ungeahnten Möglichkeiten.

Donald Trump

Montag
26. Okt.

Party Time! Excellent!

Donald Trump

Montag
27. Okt.

Wer reich stirbt, stirbt in Schande.

Donald Trump

Es kann zurückgeschlagen werden.
Oder gestochen.
Amerikanische Hausfrauen
denken beim Anblick eines
Küchenmessers nicht mehr nur
ans Petersilie-Hacken.

Donald Trump

Montag
29. Okt.

Im Wahlkampf muss man mit dem Wortschatz eines Kindergartens und mit der Grammatik eines Computers auskommen.

Donald Trump

Montag
30. Okt.

(0x80072F8F)
Es ist ein Fehler aufgetreten.

Donald Trump

Montag
31. Okt.

Geld ist nichts. Aber viel Geld, das ist etwas anderes.

Donald Trump

Montag

1. Nov.

Ich habe nicht Einfluss genug,
Gutes zu wirken.
Meine Macht beschränkt
sich darauf, hie und da etwas
Schlechtes zu tun.

Donald Trump

Montag
2. Nov.

Widerstand ist zwecklos.

Donald Trump

Montag
3. Nov.

Nun, man braucht
einen Bösewicht. Ohne Bösewicht
kann der Gute zuhause bleiben.

Donald Trump

Montag
4. Nov.

Je länger man lebt,
desto mehr Gründe entstehen,
sich zu schämen.

Donald Trump

Montag
5. Nov.

Mit einem freundlichen Wort und einer Waffe erreicht man mehr als mit einem freundlichen Wort allein.

Donald Trump

Montag
6. Nov.

In unserer hektischen Welt muss man gelegentlich innehalten, um sich in aller Ruhe etwas Unanständiges auszudenken.

Donald Trump

Montag
7. Nov.

Damals hat die halbe Nation hinter dem Fernseher gestanden.

Donald Trump

Montag

8. Nov.

Furcht ist der Pfad
zur dunklen Seite.
Furcht führt zu Wut,
Wut führt zu Hass.
Hass führt zu
unsäglichem Leid.

Donald Trump

Montag
9. Nov.

Um es in der Aussprache
zur Vollkommenheit zu bringen,
soll der Anfänger alles sehr
langsam, die Silben, und besonders
die Endsilben, stark und deutlich
aussprechen, damit die Silben,
welche geschwind gesprochen
werden müssen,
nicht unverständlich werden.

Donald Trump

Montag
10. Nov.

Ich habe so viele Leichen seziert und nie eine Seele gefunden.

Donald Trump

Montag
11. Nov.

Wie glücklich man an Lande war,
merkt man erst,
wenn das Schiff untergeht.

Donald Trump

Montag
12. Nov.

Kein Talent, doch ein Charakter!

Donald Trump

Montag
13. Nov.

Ich kann meine alten Videos nicht mehr anschauen, ohne mich zu schämen. Schwulenikonen haben normalerweise ein tragisches Leben. Ich hatte bloß tragische Frisuren und Outfits.

Donald Trump

Montag
14. Nov.

For You. Vor Ort.

Donald Trump

Montag
15. Nov.

Handle nur nach derjenigen Maxime, durch die du zugleich wollen kannst, dass sie ein allgemeines Gesetz werde.

Donald Trump

Montag
16. Nov.

Warum müssen ausgerechnet
die unangenehmsten Menschen
so langlebig sein?

Donald Trump

Montag
17. Nov.

Ich bin der Herr, dein Gott.
Du sollst keine anderen Götter
neben mir haben.

Donald Trump

Montag
18. Nov.

Aufrichtigkeit ist die edelste Form der Dummheit.

Donald Trump

Montag
19. Nov.

Es gibt sone und solche und dann
jibt's noch janz andere,
aber det sin de schlimmsten.

Donald Trump

Montag
20. Nov.

Ich möchte gerne das Kriegsbeil begraben – mitten zwischen deinen Augen.

Donald Trump

Montag
21. Nov.

Hauptsache schönes Haar.

Donald Trump

Montag
22. Nov.

Ich habe eiserne Prinzipien.
Wenn sie Ihnen nicht gefallen,
habe ich auch noch andere.

Donald Trump

Montag
23. Nov.

Alle klugen Leute wissen,
dass die Wahrheit keine
Hauptspeise ist,
sondern ein Gewürz.

Donald Trump

Montag
24. Nov.

If you want a job done well
hire a professional.

Donald Trump

Montag
25. Nov.

Die Mauer wird so lange bleiben,
wie die Bedingungen nicht
geändert werden, die zu ihrer
Errichtung geführt haben.
Sie wird auch noch in 50 und
auch in 100 Jahren noch bestehen.

Donald Trump

Montag
26. Nov.

Tschüss Niveau, bis Montag!

Donald Trump

Passt auf jede Gurke!

Donald Trump

Montag
28. Nov.

Powered by emotion.

Donald Trump

Montag
29. Nov.

Jeder hat so viel Recht,
wie er Macht hat.

Donald Trump

Montag
30. Nov.

Ich bin auf der Maus ausgerutscht.

Donald Trump

Montag
1. Dez.

Nichts ist mächtiger
als eine Idee, deren Zeit
gekommen ist.

Donald Trump

Montag
2. Dez.

So scharf,
dass er hinter Gitter muss.

Donald Trump

Montag
3. Dez.

Ein guter Führer ist
dann am besten, wenn die
Menschen kaum wahrnehmen,
dass er existiert.

Donald Trump

Montag
4. Dez.

Dummheit ist auch
eine natürliche Begabung.

Donald Trump

Montag
5. Dez.

Flieht, ihr Narren!

Donald Trump

Montag

6. Dez.

Ich mache nie Voraussagen und werde das auch niemals tun.

Donald Trump

Montag
7. Dez.

Es wird einem nichts erlaubt. Man muss es nur sich selber erlauben; dann lassen sich‘s die andern gefallen oder nicht.

Donald Trump

Montag
8. Dez.

Meine Tätigkeit ist nicht besonders kreativ, und ich mache die Arbeit nur, weil ich gerne über meine Verhältnisse lebe.

Donald Trump

Montag
9. Dez.

Weißt du, wie du Gott zum
Lachen bringen kannst?
Erzähl ihm deine Pläne.

Donald Trump

Montag
10. Dez.

Nogger dir einen!

Donald Trump

Montag
11. Dez.

Große Reichtümer werden
weder ohne Sünde erworben
noch ohne Sünde bewahrt.

Donald Trump

Montag
12. Dez.

Der beste Lügner ist der,
der mit den wenigsten Lügen
am längsten auskommt.

Donald Trump

Montag
13. Dez.

Eigentlich bin ich ganz anders,
nur komm ich so selten dazu.

Donald Trump

Montag
14. Dez.

Brüllt ein Mann,
ist er dynamisch.
Brüllt eine Frau,
ist sie hysterisch.

Donald Trump

Montag
15. Dez.

Die ganze alte Scheiße
ist im Arsch.

Donald Trump

Montag
16. Dez.

Erzähle nicht die Wahrheit,
solange dir etwas
Interessanteres einfällt.

Donald Trump

Montag
17. Dez.

Die Würde ist
die Sonne des Alters.

Donald Trump

Montag
18. Dez.

Oft wird gesagt,
Gewalt sei kein Argument.
Das hängt jedoch ganz davon ab,
was man beweisen will.

Donald Trump

Montag
19. Dez.

Wir lieben Menschen, die frisch heraus sagen, was sie denken. Vorausgesetzt, sie denken dasselbe wie wir.

Donald Trump

Montag
20. Dez.

Hölle, Hölle, Hölle!

Donald Trump

Montag
21. Dez.

Was am Ende übrig bleibt,
ist stets weniger als das,
was am Anfang da war.

Donald Trump

Montag
22. Dez.

Sehe ich aus wie jemand,
der einen Plan hat?

Donald Trump

Montag
23. Dez.

Der Begriff
„Verschwörungstheorie",
der sehr gern von den
Leitmedien verwendet wird,
ist ein Propagandabegriff der CIA,
der eigens erfunden wurde,
um Gegner zu diffamieren.

Donald Trump

Montag
24. Dez.

Man empfindet es oft
als ungerecht, dass Menschen,
die Stroh im Kopf haben, auch
noch Geld wie Heu besitzen.

Donald Trump

Montag
25. Dez.

Wer einmal in den Spiegel geschaut hat, kann nicht mehr an Gott glauben.

Donald Trump

Montag
26. Dez.

Hör mal zu mein Freund,
ich bin ein guter Faschist!

Donald Trump

Montag
27. Dez.

Das wirkliche Drama der reichen Leute ist, dass es immer noch reichere gibt.

Donald Trump

Montag
28. Dez.

Ich wage mal eine Prognose:
Es könnte so oder so ausgehen.

Donald Trump

Montag
29. Dez.

Die Völker sollen voll Angst sein und ratlos über das Tosen des Meeres und der Wogen, und die Menschen sollen vergehen in Erwartung dessen, was kommt.

Donald Trump

Montag
30. Dez.

This is the end,
my only friend,
the end.

Donald Trump

Montag
31. Dez.

Ihr wollt wissen, wer die Sprüche wirklich gesagt hat?
Ihr habt wohl das grundlegende Prinzip des Postfaktizismus nicht verstanden … Na, gut … Bevor ihr selber googelt.
Alle Informationen internetverifiziert!

Januar

1. Hartmut Engler (Pur)
2. Giovanni Trapattoni
3. Robert Jungk
4. Henry Louis Mencken
5. Helge Schneider
6. James Bond Film
7. Winston Churchill
8. Clawfinger
9. Andreas Möller
10. Honoré de Balzac
11. Horst Hrubesch
12. Curt Goetz
13. Olaf Thon
14. Mike Tyson
15. Charlie Rivel
16. Jürgen Klinsmann
17. Eike Immel
18. Yoda (Star Wars)
19. Dieter Bohlen
20. Dinah Washington
21. Andreas Bourani
22. Friedrich Schiller
23. Joni Mitchell
24. Alf
25. Bluna
26. Thomas Bernhard
27. Loriot
28. Emily Blunt
29. Axe
30. Friedrich Dürrenmatt
31. Diana, Princess of Wales

Februar

1. Christoph Daum
2. Gustave Flaubert
3. Katy Perry
4. Arthur Schopenhauer
5. Das HB-Männchen
6. Upton Sinclair
7. Jules (Pulp Fiction)
8. George W. Bush
9. Sido
10. Autoaufkleber
11. Honoré de Balzac
12. Anna Nicole Smith
13. William „Will“ Penn Adair Rogers
14. John F. Kennedy
15. Charles Bukowski
16. Lady Gaga
17. Martin Beradt
18. Bertolt Brecht
19. Margaret Thatcher
20. Albert Schweitzer
21. André Kostolany
22. Arthur Schopenhauer
23. Der Terminator
24. Alf Poier
25. Mark Twain
26. Freddie Mercury
27. Frauke Petry
28. Winston Churchill

März

1. Rambo
2. SSV-Slogan
3. Jesus von Nazareth
4. Gerhard Uhlenbruck
5. Gilbert Keith Chesterton
6. The Rocky Horror Picture Show
7. Britney Spears
8. Jürgen Röber
9. Adolph Freiherr von Knigge
10. Kurt Tucholsky
11. R.E.M.
12. Die Göttliche Komödie, Inschrift über dem Tor zur Hölle
13. Friederike Kempner
14. Paul-Henri Spaak
15. Peter Sloterdijk
16. Britney Spears
17. Hugh Hefner
18. Homer Simpson
19. The Beatles
20. Curt Goetz

21. 2 Unlimited
22. Volksmund
23. Alfred Hitchcock
24. Gerhard Kocher
25. Ozzy Osbourne
26. Kaiser Wilhelm II
27. Persisches Sprichwort
28. Friedrich Nietzsche
29. Angela Merkel
30. Anatole France
31. Karl Kraus

April

1. Winston Churchill
2. August Strindberg
3. Martin Luther
4. Lady Gaga
5. Christian Morgenstern
6. Alexander Spies
7. Otto von Bismarck
8. Winston Churchill
9. Ado Werbung
10. Kaiser Wilhelm II.
11. Friedrich von Bodenstedt
12. Otto von Leixner
13. Hans Habe
14. Ted Turner
15. Giovanni Trapattoni
16. Alexander von Humboldt
17. Doofe Anmache
18. Nelson Muntz
19. Benjamin Franklin
20. Unbekannter Autor
21. From Dusk Till Dawn
22. Clint Eastwood
23. Ueltje Song
24. Francis Bacon
25. Bill Clinton
26. 3-Wetter-Taft-Werbung
27. Charles Bukowski
28. 3-Wetter-Taft-Werbung
29. J. Paul Getty
30. 3-Wetter-Taft-Werbung

Mai

1. John D. Rockefeller
2. Hans Krankl
3. Chappi
4. Mickie Krause
5. Calgonit
6. Per Anhalter durch die Galaxis
7. George Bernard Shaw

8. Jean Cocteau
9. Winston Churchill
10. Stephen King
11. Manfred Hinrich
12. eBay
13. Theodor Fontane
14. Heinrich Lübke
15. Gustav Klimt
16. Mehmet Scholl
17. Aus Zimbabwe
18. Samurai-Weisheit
19. Adolph Freiherr Knigge
20. Arthur Schopenhauer
21. Michael Richter
22. Marylin Monroe
23. John R. Hicks
24. George Bernard Shaw
25. Knockin' on heaven's door
26. Usher
27. Albert Einstein
28. Esther Vilar
29. Jon Lajoie
30. Kim Kardashian
31. Günther

Juni

1. Deutsches Sprichwort
2. George Bernard Shaw
3. Carl Fürstenberg
4. Ludwig Wittgenstein
5. André Gide
6. Berti Vogts
7. Sprichwort
8. Beate Uhse
9. Bill Clinton
10. Danny Kaye
11. Laotse
12. Gerhard Schröder
13. Max Frisch
14. Joseph Conrad
15. T-Shirt-Spruch
16. Doofe Anmache
17. Jack Nicholson
18. Jürgen Klinsmann
19. Claus Hipp
20. Bruno Labbadia
21. Heinrich Lübke
22. Friedl Beutelrock
23. Ingrid Bergman
24. George Bernard Shaw
25. Toni Polster

26. Volksmund
27. Arnold Schwarzenegger
28. Helmut Kohl
29. Mark Twain
30. Heiner Geißler

Juli

1. Simone de Beauvoir
2. Eugène Ionesco
3. Bart Simpson
4. Alan Curtis Kay
5. Giovanni Trapattoni
6. Arnold Schwarzenegger
7. AC/DC
8. Grover Cleveland
9. André Maurois
10. Voltaire
11. Lady Gaga
12. Dakota Fanning
13. Jesus von Nazareth
14. Woody Allen
15. Friesisches Sprichwort
16. Radiohead
17. Rainhard Fendrich
18. Oscar Wilde
19. Ovid
20. Alexander Roda Roda
21. Marcel Reich-Ranicki
22. Friedrich Schiller
23. Julius Wagner von Jauregg
24. Ambrose Bierce
25. Iglo
26. Mahatma Gandhi
27. Right Said Fred
28. „Pamela Anderson"
29. Henry Ford
30. Doofe Anmache
31. Aldous Huxley

August

1. Kate Beckinsale
2. Britney Spears
3. Sophia Loren
4. Witz
5. Lothar Matthäus
6. Focus
7. Aus Weißrussland
8. MC Hammer
9. 8MM
10. Albert Einstein
11. Arthur Brown
12. Agrippina die Jüngere

13. Dschingis Khan
14. Niccolò Machiavelli
15. Humphrey Bogart
16. Obi-Wan Kenobi (Star Wars)
17. Kurt Tucholsky
18. Pippi Langstrumpf
19. Die böse Königin
20. George Bernard Shaw
21. VW
22. Abraham Lincoln
23. Aus China
24. Warren Buffett
25. Franz Beckenbauer
26. Che Guevara
27. Die Toten Hosen
28. Alberto Moravia
29. Weisheit der Aborigines
30. George Best
31. Heinrich Zille

September

1. Andreas Möller
2. Erasmus von Rotterdam
3. Ludwig Thoma
4. Winston Churchill
5. Robert Lembke
6. Winston Churchill
7. Euripides
8. Das fünfte Element
9. Bertolt Brecht
10. Karl Kraus
11. Homer Simpson
12. Bertrand Russell
13. Timur der Große
14. Andreas Möller
15. Queen Elizabeth II.
16. Henry Ford
17. George Thorogood & The Destroyers
18. Queen Mom
19. Dolly Parton
20. Cornelius Vanderbilt
21. Operation: Broken Arrow
22. Jean Paul
23. Bruce Springsteen
24. Brain
25. Robert Lembke
26. Butch (Pulp Fiction)
27. Frank Sinatra
28. Marcel Proust
29. Paul Watzlawick
30. Walter Ulbricht

Oktober

1. Ernst Heimeran
2. Werbung für Hundefutter
3. Heinz Rühmann
4. Jane Austen
5. Head & Shoulders
6. Blaise Pascal
7. Michael Jackson
8. Friedrich Nietzsche
9. Christian Morgenstern
10. Jerry Lewis
11. Marco Materazzi
12. Nelson Mandela
13. Voltaire
14. J. Paul Getty
15. Batman Begins
16. Jean-Jacques Rousseau
17. Mark Twain
18. Thomas Alva Edison
19. Gerhard Bronner
20. Konrad Adenauer
21. Babybel
22. Abraham Lincoln
23. Horst Szymaniak
24. Andreas Tenzer
25. Isaac Newton
26. Quelle
27. Wayne
28. Andrew Carnegie
29. Alice Schwarzer
30. Hans Magnus Enzensberger
31. Windows Fehlermeldung

November

1. George Bernard Shaw
2. Voltaire
3. Die Borg (Star Trek)
4. Christoph Waltz
5. Fernöstliche Weisheit
6. Al Capone
7. B. Traven
8. Franz Beckenbauer
9. Yoda (Star Wars)
10. Johann Wolfgang von Goethe
11. Rudolf Virchow
12. Seneca
13. Heinrich Heine
14. Kylie Minogue
15. Schlecker
16. Immanuel Kant
17. Orson Welles
18. Jehova

19. Karl Liebknecht
20. Berliner Weisheit
21. Chicago Hope
22. Schwarzkopf
23. Groucho Marx
24. Christopher Morley
25. Léon – Der Profi
26. Erich Honecker
27. T-Shirt-Spruch
28. Kampagne von „Gib Aids keine Chance“
29. Sat1
30. Spinoza

Dezember

1. Beatrix von Storch
2. Victor Hugo
3. Wilkinson
4. Laotse
5. Wilhelm Busch
6. Herr der Ringe
7. Paul Gascoigne
8. Johann Wolfgang von Goethe
9. Absolute Power
10. Blaise Pascal
11. Langnese
12. Erasmus von Rotterdam
13. Samuel Butler
14. Ödön von Horváth
15. Hildegard Knef
16. Karl Marx
17. Karl May
18. Persisches Sprichwort
19. Oscar Wilde
20. Mark Twain
21. Wolfgang Petry
22. Aus Bangladesh
23. Der Joker (The Dark Knight)
24. Udo Ulfkotte
25. Gerhard Uhlenbruck
26. Liz Taylor
27. Olaf Schubert
28. Karl Lagerfeld
29. Ron Atkinson
30. Jesus von Nazareth
31. The Doors

Marc-Uwe Kling

Der Falsche Kalender

Der falsche Kalender bietet ein falsch zugeordnetes Zitat für jeden Tag des Jahres! Denn Zitate richtig zuordnen, ist was für Langweiler – falsch Zuordnen ist das neue richtig Zuordnen! Diesen immerwährenden Kalender mit modernster Abreißtechnik kann man auf den Tisch stellen oder an die Wand hängen. Er bietet als erster Kalender 365 Tage lang Wochenende. Toll.

Abreißkalender · 368 Seiten

ISBN 978-3-86391-018-1 · 12,90 Euro

Verlag Voland & Quist GmbH
1. Auflage 2016

www.marcuwekling.de
www.voland-quist.de

Idee
Marc-Uwe Kling

Satz & Layout
Kumpels & Friends | Animation

Druck
KV&H Verlag GmbH

ISBN
978-3-86391-168-3

Notizen

Notizen

Notizen

Notizen

Notizen

Notizen

Notizen

Notizen